Georgina Martins

Uma Maré de Desejos

Ilustrações
Cris Eich

Uma maré de desejos
© Georgina Martins, 2005

Diretor editorial	Fernando Paixão
Coordenadora editorial	Gabriela Dias
Editora	Claudia Morales
Editor assistente	Emílio Satoshi Hamaya
Coordenadora de revisão	Ivany Picasso Batista
Revisão	Luciene Lima
Produção editorial	Estúdio Sabiá
Redação de textos adicionais	Ibraíma Dafonte

ARTE
Projeto gráfico	Marcos Lisboa, Suzana Laub
	Katia Harumi Terasaka, Roberto Yanez
Editor assistente	Antonio Paulos
Editoração eletrônica	Crayon Editorial, Eduardo Rodrigues
Pesquisa iconográfica	Silvio Kligin (coord.), Neuza Faccin (pesquisa)

CIP-BRASIL. CATALOGAÇÃO NA FONTE
SINDICATO NACIONAL DOS EDITORES DE LIVROS, RJ

M343m

Martins, Georgina Da Costa
   Uma Maré de Desejos / Georgina Martins ; [ilustrações Cris Eich]. - São Paulo : Ática, 2005.
   il. - (Quero ler : v14)

   Apêndice
   Acompanhado de suplemento de leitura
   ISBN 978-85-08-09703-6

   1. Novela juvenil brasileira. I Cris Eich (ilustradora). II Título III Série.

04-3425.   CDD: 028.5
                                       CDU: 087.5

ISBN 978 85 08 09703-6 (aluno)

2022
CAE: 224515
CL: 731615
1ª edição
10ª impressão
Impressão e acabamento: Log&Print Gráfica e Logística S.A.

Todos os direitos reservados pela Editora Ática S.A., 2002
Av. das Nações Unidas, 7221, Pinheiros – CEP 05425-902 – São Paulo, SP
Atendimento ao cliente: 4003-3061 – atendimento@aticascipione.com.br
www.coletivoleitor.com.brr

IMPORTANTE: Ao comprar um livro, você remunera e reconhece o trabalho do autor e o de muitos outros profissionais envolvidos na produção editorial e na comercialização das obras: editores, revisores, diagramadores, ilustradores, gráficos, divulgadores, distribuidores, livreiros, entre outros. Ajude-nos a combater a cópia ilegal! Ela gera desemprego, prejudica a difusão da cultura e encarece os livros que você compra.

Os caminhos do coração

Sergiana nem pestanejou quando sua professora pediu que contasse numa redação qual era o seu maior desejo. Queria tanto ir à praia pela primeira vez que tinha certeza de que era isso o que mais desejava. Como ela foi descobrindo, porém, esse desejo trazia muitos outros embutidos, para os quais parecia haver sempre algum obstáculo intransponível.

Moradora da Favela da Maré, a menina leva uma vida difícil, em que se misturam carências, perigos e, às vezes, alguma alegria. Enquanto espera a volta da mãe, que a abandonou, faz as coisas comuns entre as meninas de sua idade. Ao mesmo tempo, para ajudar a tia no sustento da casa, tem de realizar um trabalho perigoso.

Luciano não precisou escrever redação nenhuma, mas também tinha desejos — e dificuldades — de sobra. Além disso, nem desconfiava de que suas mãos fossem capazes de produzir tanta beleza. Juntos, os dois amigos percorrem as ruas da favela e os caminhos do coração, e são inundados por uma maré de descobertas.

Depois de se emocionar com a história de Sergiana e Luciano, você vai conhecer a autora do livro e aprender um pouco mais sobre os escritores, sobre as favelas e sobre as crianças e os jovens que vivem nelas.

Sumário

1. A menina, o mar, os desejos e a professora de redação | 7
2. Luciano, a Maré e os desejos | 30
3. Sergiana, Luciano e a princesa Caralâmpia | 45

Quero mais | 61

1. A menina, o mar, os desejos e a professora de redação

Quando a professora perguntou à turma qual era o seu maior desejo, Sergiana nem pensou para responder:
— *A minha vontade é de ir à praia, nunca fui à praia.*
A professora espantou-se. Ela queria que cada um falasse do seu desejo, para depois pedir alguma redação.
— *Nunca foi? Como pode? Você mora tão perto da praia!*
Quem se espantou dessa vez foi a menina, que nem lembrava mais que ali era tão perto da praia.
— *Bem, agora vamos fazer uma redação... O tema é "O meu maior desejo..."* — a professora ia falando enquanto escrevia no quadro.
Sergiana ficou engasgada, não conseguia escrever nadinha, só pensando na praia, nas águas molhando seus pés, nos mergulhos que daria... Mas não podia molhar os cabelos, dava muito trabalho para pentear. Sempre doía muito quando a tia fazia aquelas tranças. Então, no seu desejo, ela molharia o corpo inteiro, menos a cabeça. Talvez jogasse água no rosto, mas com cuidado, porque a tia ia brigar muito se ela deixasse os cabelos molhados.

— Cabelo ruim é assim, não pode molhar todo dia, não, que encolhe. Não tem jeito, é de nascença.

Todos os dias a tia falava a mesma coisa, e quando ia fazer as tranças, então! Aí é que ela reclamava muito:

— E eu, que não tive menina, agora tenho que pentear esse seu cabelo duro. Fica quieta, não chora, que é pior. Se eu tivesse dinheiro sobrando pagava a Diana pra fazer chapinha em você. Acho que vou mandar cortar feito menino homem, assim não dá trabalho!

Nessas horas Sergiana ficava triste, não queria cortar curtinho, e chapinha queimava a cabeça. Um dia ela fez. Foi a mãe quem pagou. Mas não adiantou nada, ficou só um tempo. Mesmo com a chapinha ela não poderia molhar a cabeça na praia. Então pra quê? Se quando saísse da água não pudesse secar os cabelos com o vento, pra quê? Esse era um outro desejo da menina: secar os cabelos no vento. Mas a tia não deixava:

— Cabelo ruim é assim, tem que viver amarrado!

Ela não achava que seus cabelos fossem ruins, às vezes até que gostava deles, mas só às vezes, porque a tia não deixava que ela gostasse deles.

Se ela pudesse ter todos os desejos atendidos: ir à praia, molhar os cabelos e deixá-los secar ao vento...

— Professora, agora eu tenho três desejos; posso escrever sobre os três?

— Não, tem que escolher um. Já disse!

Sergiana ficou muito indecisa. Não sabia qual era o seu maior desejo, precisava pensar. É lógico que ela queria muito ir à praia. Já tinha ouvido dizer que a água do mar era salgada. Os meninos da escola iam sempre à praia, eles

contavam do arrastão, alguns até participavam. No princípio ela não sabia o que era arrastão, pensou que fosse coisa de pesca.

— Ai, você não sabe de nada. *Arrastão é assim: junta um monte de moleque que sai pela areia arrastando as coisas dos outros, roubando. Entendeu? Aí vem a polícia e sai batendo em todo mundo, dão tiro e tudo, aí a gente sai correndo, e se você for lá com a gente nem adianta, vão pensar que você também é do arrastão.*

Mas Sergiana não queria participar do arrastão, não, ela só queria mesmo era tomar banho de mar; afundar na água e brincar de pegar jacaré. Os meninos falavam com ela, contavam tudo:

— *Lá no Leme é bonzão de pegar jacaré. Tem cada onda de responsa!*

A menina conhecia o Leme da televisão. Ou seria o Leblon? Antes ela pensava que tinha jacaré na praia, aí ela tinha medo, não queria ir não.

— *Deixa de ser burra, não tem jacaré de verdade, não; pegar jacaré é pegar onda.*

Mas agora ela sabia tudo de praia, isso de pensar que tinha jacaré de verdade foi só no começo, quando ela chegou aqui no Rio de Janeiro com a mãe, mas isso tinha sido há muito tempo. Em Buíque não tinha praia. Agora ela sabia até o número do protetor solar que tinha de usar, a patroa falou pra mãe dela. Não adiantava nada, ela não podia ir à praia, e se fosse não tinha dinheiro para comprar o tal protetor. A tia dizia que era bobagem:

— *Onde já se viu preto ficar queimado, e precisar de protetor? Preto já nasceu queimado. Deus queimou pra não perder de vista, isso sim! Marca de Caim.*

A mãe dela também falava na tal marca de Caim, mas ela não sabia nada dessa marca, nunca conheceu Caim. A mãe explicou que Caim era irmão de Abel, e os dois eram filhos de Adão e Eva. Um dia, por pura inveja, Caim matou Abel, então Deus como castigo colocou em Caim uma marca, para que ele fosse reconhecido como assassino do irmão. Contaram, também, que Deus mandou alguém povoar a África, mas ela não tinha certeza se era Caim. Só sabia da tal marca.

— *Mas Caim era queimado?*

Isso a mãe não soube explicar, ela também nunca tinha entendido direito aquela história.

Mas e o desejo? Tinha que escolher um, só um. Se bem que um cabia dentro do outro: molhar os cabelos e secar no vento podiam ser um só. Resolveu perguntar de novo:

— *Agora tenho só dois desejos; posso escrever sobre os dois?*

— *Não, já disse que tem que ser um só.*

A professora não queria saber de muitos desejos.

Voltou a pensar na praia, nas ondas, nas moças tão bonitas, bronzeadas, que ela via na televisão. Elas usavam protetor, eram todas douradas com cabelos que voavam com o vento. Ela se lembrou de mais um desejo, um desejo de muitos anos, um desejo que tinha desde o tempo em que morava com a mãe no sertão:

— *Tão bom se o meu cabelo voasse!*

Um dia, ela amarrou um lenço da mãe na cabeça e saiu correndo pelo quintal. Não deu muito certo, o lenço era grosso, de pano vagabundo.

— *Se fosse de seda voava.* — Foi a mãe dela quem afirmou, porque Sergiana não sabia nada de seda.

Nem adiantava pedir à professora, porque agora eram quatro desejos, mas os quatro também poderiam virar só dois: primeiro, ir à praia, e depois molhar os cabelos e deixá-los voar ao vento para secar. Era tão simples. A professora gostava de complicar!

Lembrou que um dia fora com a mãe à casa da patroa. Era no Flamengo, e elas iriam ver o mar. Sergiana achou o Flamengo muito diferente, não se parecia com a Maré, Buíque se parecia mais.

— Mãe, essas pessoas aqui falam português?

— Vixe, menina, mas é claro que falam. Tudo é Brasil.

Aí a mãe lembrou que a patroa falava muitas palavras que ela não entendia, e teve dúvidas: "Será que eles falam mesmo português?".

Naquele dia, não viu o mar. Tinha muito serviço na casa da patroa, e a mãe trabalhou até tarde, ficou cansada, e naquela semana todo mundo só podia entrar na favela até as dez horas, era ordem do pessoal do tráfico, tinham que obedecer. Se fossem ver o mar, não poderiam voltar pra casa. Dormir na casa da patroa, nem pensar. Ela não gostava de empregada que dormisse.

A mãe prometeu que no fim de semana seguinte iria levá-la para ver o mar, mas ela não queria só ver, queria tomar banho. A mãe iria cumprir o que prometera; sempre que prometia, cumpria; demorava, mas cumpria. Aí, no sábado, a mãe não voltou da casa da patroa. Ela esperou muito. Aquilo nunca tinha acontecido. Tá certo que a mãe avisou que ia voltar muito tarde. Tinha muito serviço naquele fim de semana, e depois ela iria passear um pouco, esfriar a cabeça. Sergiana lembrou que a mãe andava muito esquisita ultimamente; às vezes até falava em ir embora daquele lugar. Lembrou que um dia ouviu a mãe conversando baixinho com a tia:

— *Mas você toma conta dela, não toma? Vai ser por pouco tempo, arrumo um bom dinheiro e volto.*

Foi e não voltou mais.

— *Tia, minha mãe vai voltar, não vai?*

A tia não quis responder, só enxugou os olhos com o pano de prato.

— *Vai brincar, menina, vai brincar!*

E a lembrança da mãe fez Sergiana pensar que tinha mais um desejo, mas esse não tinha nada a ver com os outros. E não ia dar pra escrever sobre ele, mesmo. Como explicar à professora que desde que a mãe sumira ela a esperava nos pontos das kombis? Ela sempre chegava de kombi, e, como chegavam kombis a toda hora, a mãe podia chegar em uma delas. E foi assim que passou a ficar nos pontos das kombis todos os dias. Decidiu que sobre esse desejo ela não queria escrever nenhuma redação.

— *É claro que a sua mãe morreu, sua boba, senão ela já tinha voltado. Vai ver que mataram ela.*

O Luciano sempre falava isso quando ela dizia que estava com saudades da mãe. Arrependeu-se de ter contado para ele que esperava a mãe nos pontos das kombis.

Tantas mães sumiam naquele lugar! Vai ver que o Luciano tinha razão. Mas Sergiana não queria pensar mais nisso, precisava voltar para o seu desejo e escrever a redação.

Lembrou que um dia vira, numa novela, uma atriz que tinha os cabelos parecidos com os dela; achou que os da tal atriz eram muito mais bonitos, mas até que pareciam um pouco. Lembrou que a moça tomava banho de rio e molhava a cabeça. Os cabelos ficavam lindos, flutuavam nas águas do rio, e até ficavam maiores. Como é que a tia dizia que se molhasse encolhia? Implicância dela, só para não ter trabalho.

A moça era linda, Sergiana ficou pensando nos cabelos dela boiando no rio. Será que os seus também boiariam assim? Também, naquela casa não tinha nem uma tina para ela entrar de corpo inteiro! Odiava ter de tomar banho de canequinha. Nem dava para lavar a cabeça direito! Aí, lembrou-se de um outro desejo, desejo que ela acalentava desde Buíque, e que a mãe jurou que no Rio de Janeiro seria diferente. Dessa vez a mãe não cumpriu.

— Você vai ver, lá no Rio de Janeiro vamos tomar banho de chuveiro. Dizem que todo mundo lá só toma banho de chuveiro, porque é tudo civilizado.

Sergiana achou que o Rio de Janeiro ficava no Leblon. Dava sempre na tevê.

Chegou à casa da tia, e não tinha chuveiro, só um balde e um canecão no banheiro. Igualzinho em Buíque. Mas aí, como é que ia ser? Mais um desejo? A professora não ia deixar ela escrever. Ela desejava muito tomar banho de chuveiro. A água caindo pelo corpo, molhando os cabelos. Achava que devia ser muito bom. Resolveu guardar esse desejo. Os desejos foram aparecendo assim, todos de uma vez. Um dia quis ser princesa; lembrou-se da princesa Caralâmpia, uma princesa muito linda que tinha ido morar em Buíque. A mãe falava sempre na tal princesa: uma princesa menina que morava na fazenda Maniçoba. Sempre soube que princesas moravam em castelos, mas a mãe dizia que aquela era diferente, era uma princesa do mato que tinha pulseiras de cobra-coral, coroa feita de rosas e enfeites de vaga-lume.

Sempre insistiu com a mãe para ela contar a história de Caralâmpia, mas a mãe não sabia contar, só sabia de ouvir dizer:

— *Não sei como é essa história; minha mãe contava que a mãe dela ouviu dizer que um dia uma princesa menina apareceu na fazenda Maniçoba, se chamava Caralâmpia.*

Em Buíque, quando passava com a mãe perto da fazenda Maniçoba, Sergiana imaginava como era Caralâmpia: "*Uma princesa muito bonita, que tinha um vestido da cor do mar, cabelos que voavam com o vento e pulseiras de brilhantes*". Não gostava de imaginar Caralâmpia com pulseiras de cobra-coral, tinha muito medo de cobras; quase fora mordida por uma. Em Buíque sempre apareciam cobras.

Achou engraçado que agora não queria mais ser princesa, queria ser menina mesmo; então não precisava escrever sobre isso, mas continuava querendo conhecer a história de Caralâmpia: *"Deve ser uma história linda, quando eu for escritora vou escrever uma história bonita assim"*. Esse era um desejo que podia ficar pra depois, então não precisava escrever sobre ele.

De todos os seus desejos, tinha um que a tia não poderia saber de jeito nenhum, só podia contar para o Luciano, mas era melhor que não contasse, era coisa de perigo: desejava que não houvesse mais tiros. Achou que a tia não iria gostar muito desse desejo, e ficou triste. Eram muitos tiros, quase todas as noites, e ela nem conseguia dormir direito. Luciano falava que ela precisava se acostumar. Bem que ela tentava, mas não conseguia.

— Anda, menina, cata essas balas aí no chão que eu vou levar lá no seu Fernando pra vender, seu Fernando aproveita tudo, ainda bem que esse chumbinho da bala vale dinheiro no ferro-velho, porque esse negócio de passagem de roupa não tá dando, não. Quantas balas têm aí?

O pior de tudo é que tinha que catar as balas bem cedinho, a tia dizia que era muito perigoso, já tinha visto gente ser presa por causa disso. Começava a catar as balas antes de a favela ficar movimentada. A tia nunca mandava os primos, eles não dormiam em casa. Ela quase não via os primos, que só chegavam em casa pra comer, e isso sempre muito tarde.

Um dia, quando morava em Buíque, viu na tevê que no Rio de Janeiro tinha crianças vendendo balas no sinal, e, quando a tia falou que elas iriam catar balas pra vender, nem entendeu direito. Depois soube que eram outras balas.

Todos os alunos já tinham começado a redação, menos ela, que agora pensava em latinhas de goiabada. Pronto, mais um desejo. Como ela gostava de goiabada! Na Teixeira Ribeiro havia um bocado de lojas que vendiam goiabada. Ela achava a Teixeira Ribeiro a rua mais bonita da favela, parecia com as feiras de Buíque; mas lá em Buíque não tinha goiabada de tudo que era jeito, não, só goiabada enrolada em folha de bananeira, e em caixa de madeira. Na Teixeira tinha goiabada de caixa, de vasilha de plástico..., mas as que Sergiana achava mais bonitas eram as de lata. Adorava as latinhas vermelhas de goiabada. A tia não podia comprar, dizia que era luxo. A mãe nunca comprou, nunca pôde.

— Um dia, quando eu receber um bom dinheiro, compro um monte de latas de goiabada, só pra você matar a vontade.

A mãe era assim, gostava de fazer as vontades dela, mas ficava sempre pra depois:

— Um dia eu compro.

Sergiana gostava de andar pela Teixeira só pra ver as latinhas. Entrava nas lojas e ficava de olho comprido...

Voltou a pensar na praia:

— Se o cabelo da atriz ficava assim, solto na água, o meu também pode ficar, é quase igual ao dela — pensou alto, e a professora brigou:

— Anda, menina, fica de boca fechada e faz logo essa redação!

Fechou os olhos e pensou no mar. Será que precisava passar creme nos cabelos para entrar no mar? As outras meninas falavam que sim, que os cremes serviam para deixar os cabelos sedosos. Mas a tia dizia que era bobagem:

— Onde já se viu uma coisa dessa? Cabelo ruim é cabelo ruim, não tem Cristo que dê jeito, muito menos creme. Se conforma, menina, tu nasceu assim, vai morrer assim. É sina. Eu que não vou gastar dinheiro com essas besteiras de creme.

Sergiana pensou que se tivesse creme era capaz de a tia deixá-la ficar com os cabelos soltos, e, mais uma vez, tentou juntar todos os desejos: passar creme, molhar os cabelos no mar e deixá-los secar ao vento. Esses desejos não podiam virar um só? Um tinha a ver com o outro. Mas a professora não entenderia.

Novamente, Sergiana pensou nas latinhas de goiabada, nas lojas da Teixeira... Não é que às vezes até parecia que

ela estava em Buíque? No Largo Major França, na Rua dos Prazeres... tudo muito parecido.

Quando a mãe disse que elas tinham de vir embora para o Rio de Janeiro, ela só pensava no banho com chuveiro elétrico. Será que tinha mesmo chuveiro em todas as casas? Da praia ela não tinha dúvidas: onde já se viu morar no Rio de Janeiro e não poder ir à praia? A mãe dela falou que, no Rio de Janeiro, elas iam morar bem pertinho da praia. Na Favela da Maré. E Maré não é mesmo coisa de mar? Então!? Descobriu, aos poucos, que Maré não era mais coisa de mar. Um dia tinha sido, não era mais.

Tinha o piscinão. Parecia um açude, mas lá ela não podia ir. Todos os que moravam do mesmo lado que a menina não podiam. Sergiana não podia nem ir à casa da Mychelle, sua amiga da escola, porque ela morava do outro lado. Mychelle não tinha medo, ia pra escola sozinha.

Ela pensou, pensou, mas não conseguiu entender essa coisa de lados. Pensou que entender era perigoso. Essas coisas, quem contava pra ela era o Luciano, que entendia muito desse negócio de lado. O Luciano nasceu na Maré. Conhecia tudo mesmo, e dizia que era muito perigoso porque cada lado tinha um dono, e o outro lado era sempre do inimigo. Mas, no livro de geografia que a professora levou pra sala de aula, a Maré não tinha lado. Era só um desenho que a professora mostrava pra turma, gritando:

— *Aqui, estão vendo? Essa mancha grande é a Maré. Vocês moram aqui.*

Sergiana não entendeu direito, porque para ela a Maré não se parecia com aquela mancha no mapa.

Às vezes, o Luciano ia à Teixeira com ela, ficavam passeando, olhando as lojas. Luciano sempre tinha que comprar alguma coisa pra mãe dele. Luciano entrava numas lojas que vendiam um monte de coisas que tinha em Buíque. Sergiana tinha saudades de Buíque, tinha nascido lá; viera ao Rio de Janeiro com oito anos, agora estava com doze. Achou que haviam se passado muitos anos.

Luciano era muito bonito, e a menina descobriu que tinha mais um desejo, mas esse a tia também não podia saber.

— *Essas meninas de hoje em dia não têm juízo, vivem por aí, namorando qualquer um.*

Sergiana queria beijar o Luciano na boca. Todas as meninas da sala dela diziam que já tinham beijado na boca. Mychelle dizia que beijar na boca era muito bom. Ela já tinha até ficado com garotos. Algumas meninas já tinham feito muito mais coisas, mas Sergiana só queria mesmo era beijar a boca do Luciano. Queria escrever sobre esse desejo, mas e se a tia lesse a redação dela? Lembrou-se de que a tia não sabia ler, ficou feliz. Um dia iria escrever uma redação sobre o desejo de beijar o Luciano na boca. De beijo na boca, ela achava que entendia. Nunca tinha beijado, mas via na televisão. Parecia fácil. Fácil e bom.

Queria muito perguntar pro Luciano se ele já tinha beijado na boca, mas tinha vergonha. Pensou que era besteira: "*Claro que o Luciano já beijou na boca; ele sabe de tudo!*".

Lembrou-se de Buíque, lembrou-se da mãe. Quando chegaram ao Rio de Janeiro, era Natal. Na casa da tia não tinha árvore, nem presentes. A mãe foi entrando na casa da tia:

— Vai ser por pouco tempo, Deus que te aumente, minha irmã. A gente estava precisando de vir pra cá. Se não fosse você, eu nem sei o que seria de nós.

Na casa da tia era sempre assim, vira e mexe chegava um parente. A casa era pequena, mas ela sempre dava um jeito. A mãe de Sergiana dizia que a irmã tinha um coração de ouro, e ela ficava pensando em como deveria ser um coração todo de ouro. E o coração da tia brilhava mais que o sol na cabeça da menina.

A tia ofereceu rabanada. Sergiana experimentou rabanada pela primeira vez, não gostou muito. Foi dormir, estava cansada da viagem.

Lembrou-se, agora, de mais um desejo:

— Um dia, no Natal, vou ganhar uma boneca; minha mãe prometeu.

Era desejo demais, a professora não ia deixar mesmo, e também aquele monte de desejos não caberia numa redação só. Desejou ser escritora para poder escrever quantos desejos tivesse.

O desejo de conhecer o mar foi voltando à cabeça dela. Quem sabe ela não iria à praia com o Luciano? Não, a tia não a deixaria ir à praia:

— Que praia, que nada! A gente não tem dinheiro pra esses luxos, e depois é muito perigoso sair daqui.

A tia tinha cuidados com ela.

— Professora, é assim que se escreve "Leblom"? E "bronseador", é com s ou com z?

A professora foi até o quadro e escreveu:

LEBLON
BRONZEADOR

E pensou alto:
— *Pra que essa menina quer aprender a escrever Leblon? Nunca vai poder ir lá!*
Sergiana, que não havia escutado o pensamento da professora, perguntou:
— *Professora, o Leblon é muito longe daqui? Como é que a gente faz pra ir lá?*
A professora fingiu que não ouviu. Ela também nunca tinha ido ao Leblon.
— *Se você continuar com essa moleza, vou descontar ponto na sua prova!*
Sergiana gostava de escrever os nomes dos lugares: Buíque, Maré, Leme, Nova Holanda, Leblon, Maniçoba, Teixeira Ribeiro, Baixa do Sapateiro, Ipanema, Principal, Timbau, Tatajuba, Copacabana, Rio de Janeiro... Achou que Tatajuba se parecia com Copacabana, mas só no jeito de falar. Repetiu alto:
— TA-TA-JU-BA... CO-PA-CA-BA-NA.
Gostava também de escrever outros nomes: Caralâmpia, goiabada, princesa do mato... Pensou mesmo que podia ser escritora.
Lembrou-se de que Copacabana havia sido a primeira palavra que ela leu. Foi no dia em que chegou de Buíque, na rodoviária. Estava escrito num ônibus: CO-PA-CA--BA-NA. Foi aí que o seu desejo cresceu. Em Buíque, sempre via, na televisão, a praia de Copacabana. Tão bom se fossem morar em Copacabana. Lá sim, todo mundo devia

tomar banho de chuveiro. Mas ela e a mãe nem pegaram esse ônibus; a mãe disse que ele não passava na Maré. A Maré era do outro lado.

A tia ensinou para a mãe que era perto da Avenida Brasil. Sergiana achou estranho, porque viu que era mesmo bem perto, mas da Avenida Brasil não dava pra ver a Maré direito. Achou que a Maré ficava escondida dentro daquela avenida enorme.

Lembrou-se, também, do seu primeiro dia na escola da Maré. Achou a escola muito grande, pensou que deveria ser bom estudar ali. Em Buíque não tinha escola daquele tamanho. No primeiro dia, a mãe a levou pra escola, mas foi logo avisando:

— *Você precisa aprender a vir sozinha, sua tia não vai ter tempo de te trazer.*

Ela ficou com medo, tinha que passar por um monte de becos.

Subiu uma rampa e chegou à sala de aula, que já estava cheia de alunos; ficou muito nervosa, achou muito ruim chegar assim, depois que todo mundo já se conhecia. Todos os alunos ficaram olhando pra ela. Na primeira semana foi muito difícil:

—*Tia, olha como ela fala engraçado, no refeitório ela disse que não gostava de "cibola", parece até a minha avó falando. Não é "cibola" que se fala. Não é, tia? É: ce-bo-la!*

A turma toda riu, e a menina morreu de vergonha. Ela também achou estranho aquele jeito de falar: "cebola". Lá em Buíque ninguém falava assim. Depois foi se acostumando, agora já conhecia todo mundo. Continuou falando "cibola", e ninguém mais riu dela. Depois percebeu que tinha um monte de crianças que falavam como ela: "cibola".

Voltou pros seus desejos:

— *Quando eu crescer, vou ter uma casa com um banheiro muito grande, acho que vai até ter uma banheira.*

Outro desejo dela: tomar banho de banheira. Mas esse desejo ela não precisava escrever porque era igualzinho ao desejo de tomar banho de mar.

Não tinha mais jeito, era preciso fazer a redação:

O meu maior desejo...
O que eu quero muito é tomar banho de mar.

Não, achou que não estava bom e começou de outro jeito:

O meu maior desejo é de ir à praia. Um dia, eu vou à praia do Leblon pegar jacaré com o Luciano. Vou mergulhar muito, molhar os meus cabelos e sair correndo para secar no vento. Vou passar bronzeador e ficar bem dourada. Aposto que o Luciano vai querer até me beijar na boca. Depois que eu sair da praia, vamos voltar pra casa, eu e o Luciano, aí vamos comprar uma latinha de goiabada lá na loja da Teixeira e vamos comer pão com goiabada, que o Luciano também gosta muito de goiabada. O Luciano é o garoto mais bonito da Maré, eu acho isso. As meninas todas querem ficar com ele, mas ele vai gostar mais de mim e vai querer me beijar na boca também. A minha tia não vai saber de nada, nem que eu fui à praia com o Luciano.

Mas e se ela vê o meu cabelo molhado? Ela vai saber que eu molhei na praia e vai brigar muito, vai até me bater. Ela não gosta que eu solte o cabelo, e depois ela disse que eu não posso ir à praia com o Luciano. É esse o meu maior desejo, o de ir à praia.

A professora deu uma lida rápida na redação:
— Você é mesmo muito teimosa! Eu não falei que tinha que ser só um desejo? Está tudo errado! Amanhã você vai ter que fazer outra.

Sergiana pegou a folha da mão da professora. A aula tinha acabado, e todos desceram pro pátio. Lá, não podiam brincar, a professora achava perigoso por causa das balas perdidas. Ela mandou que todos fossem logo para casa.

No caminho de casa, Sergiana foi pensando que seria muito bom se fosse escritora; aí sim, poderia ter quantos desejos quisesse, poderia escrever sobre todos eles que ninguém iria dizer que estava errada. Ouviu falar que em Buíque morou, há muito tempo, um menino que havia se tornado um escritor muito famoso; não lembrava o nome dele, talvez sua mãe soubesse. Quando ela voltasse, perguntaria. Ouviu dizer que o menino foi morar no Rio de Janeiro; igualzinho a ela.

Voltou para casa, tomou banho e, enquanto a tia refazia suas tranças, ela começou a pensar em tudo o que gostaria de escrever:

— Vou fazer um monte de redação e vou começar assim:

Um dia a minha mãe vai voltar, ela vai chegar na kombi, e na kombi também vão chegar todas as mães que sumiram. Acho que vai ter que ter um monte de kombis só para as mães, porque muitas mães sumiram, e aí as crianças não vão mais ficar sem mãe, porque é muito ruim ficar sem a mãe.

— Não, acho que vai ser assim:

Eu queria tanto andar de cabelo solto. Nunca mais vou deixar a minha tia fazer trança no meu cabelo, só vou ficar com ele solto, voando com o vento. Acho que os meus cabelos são muito bonitos, mais bonitos que os da atriz daquela novela.

— Humm... Também não. Acho que assim é melhor:

Um dia, eu vou ter uma casa só minha, minha e da minha mãe também, mas só se ela voltar, que eu não sei mais se ela volta. Acho que vou deixar a minha tia morar com a gente. Na

minha casa vai ter chuveiro, e eu vou querer tomar banho toda hora.

— Não, ainda não está bom. Ah, já sei, vai ser assim:

Um dia, eu fui na praia com a minha mãe, e ela deixou eu convidar o Luciano. Fomos na praia de Copacabana e pegamos muito jacaré. Até minha mãe pegou.
Depois, eu e ela molhamos os nossos cabelos, e quando saímos da água os nossos cabelos secaram com o vento. Ficamos com um cheirinho muito bom do bronzeador que minha mãe comprou. Ficamos com cheiro de praia, que é o cheiro do bronzeador. Meus cabelos até pareciam maiores, e a minha mãe disse que eu não precisava mais fazer tranças. Fiquei muito feliz com os meus cabelos voando no vento, e vi que eles eram mesmo muito bonitos.
Voltamos pra casa porque ficou de noite, e até a minha tia achou os meus cabelos bonitos. Na hora de dormir, tudo estava em silêncio. Dormi muito e até sonhei com o Luciano.

A tia acabou de fazer as tranças em seus cabelos e foi terminar de passar a roupa. Sergiana ficou muito feliz porque, finalmente, havia descoberto um jeito de fazer a redação:

O desejo

Eu tenho muitos desejos, mas só posso falar de um nesta redação. Foi muito difícil escolher qual era o meu maior desejo, mas agora eu tenho a certeza de que o meu maior desejo mesmo é o de ir à praia.

Quando eu crescer, vou ser escritora, aí eu vou poder escrever sobre os outros desejos. E, se a minha mãe ainda não tiver voltado, eu vou escrever sobre o desejo que eu tenho de ela voltar. Mas só quando eu for escritora é que vou escrever sobre isso, e também só se ela ainda não tiver voltado, é claro. Aí, na minha casa de escritora, a minha tia também vai poder morar, só pra ela não precisar mais vender as balas que ficam pelo chão. E também vai ter um monte de latinhas de goiabada, porque eu acho que os escritores têm muito dinheiro para comprar tudo o que eles desejam, e ainda podem escrever sobre os desejos. Acho muito legal ser escritora.

Na minha casa de escritora vai ter um banheiro com chuveiro, porque é lógico que na casa de escritor tem que ter chuveiro, e aí eu vou poder molhar os meus cabelos todos os dias, e o Luciano vai me achar muito bonita. Eu também acho que a minha casa vai ser de praia, porque o meu maior desejo é o de ir à praia.

2. Luciano, a Maré e os desejos

Luciano também tinha desejos, mas como ele não era da mesma turma da Sergiana não precisou fazer nenhuma redação sobre isso, e só começou mesmo a pensar no assunto porque a menina havia contado pra ele sobre a tal redação. Achou tudo uma bobagem:
— *Muito chato esse negócio de fazer redação, ainda mais de desejo. Isso é coisa de boiola.*
E, por mais que tentasse, não conseguia parar de pensar nos desejos. Ficou pensando que também tinha alguns, só que não conseguia lembrar. Um dia quis ter uma bicicleta e a mãe comprou.
— *Acho que essa aqui está boa, é velha, mas dá pra andar; vai se ajeitando com ela que quando eu puder compro uma nova.*
Nunca pôde, e ele ficou com aquela mesmo, até que a roubaram. Sabia que tinham sido os meninos do outro lado, mas sabia também que não podia reclamar. Conhecia bem essa coisa de lado, tinha nascido ali, naquele lugar todo dividido. Não chorou por causa da bicicleta, senão era

capaz de a mãe querer tomar satisfação; naquele tempo a mãe vivia brigando com todo mundo, e se soubesse que haviam roubado a bicicleta que ela comprou com tanto sacrifício ia dar a maior confusão. Contou que a bicicleta havia quebrado, o seu Wilson estava sem a peça, ia demorar pra chegar. A mãe acreditou, e Luciano nunca mais falou na bicicleta.

A mãe ficou doente, e já não brigava com mais ninguém; de cama havia uns três meses, teve que mandar os gêmeos, que eram bem menores, para a casa da comadre que morava em Senador Camará.

Luciano achou que agora seria mais fácil, os gêmeos tinham três anos, davam muito trabalho; a Lidiane estava com seis, só não tinha ido pra escola porque não tinha vaga no mesmo CIEP em que os outros estudavam, a outra escola era mais longe, do outro lado, e aí era perigoso. Leonardo e Lucimara estavam na turma de progressão, estudavam na mesma sala. Luciano era mais adiantado, já estava na sexta série. Quando terminasse a oitava teria que mudar de escola, não sabia como ia fazer, porque só havia segundo grau do outro lado do valão.

Resolveu não pensar nessas coisas agora, tinha muito tempo ainda. Novamente voltou à cabeça a história dos desejos. Pensou em *videogames*, bola de couro, tênis de marca, mas nenhuma dessas coisas ele desejava tanto assim. Pensou em Sergiana e nos desejos dela, achou todos muito engraçados e repetiu baixinho:

— *Comer goiabada, molhar os cabelos no mar, ser escritora.*

É claro que Sergiana não contou pra ele do seu desejo de beijá-lo na boca, isso ela não tinha coragem ainda, então ele achou que os desejos dela eram muito bobos, coisas de criança.

Pensou que ela era a sua melhor amiga, e só pra ela ele tinha coragem de dizer que gostava de andar na Teixeira Ribeiro, vendo as lojas, e que queria ser ator de teatro, e de novela. Os outros meninos não podiam saber disso, na certa iriam dizer que era coisa de boiola; para eles tudo era coisa de boiola.

Um dia a professora levou a turma dele para assistir a uma peça de teatro, e ele ficou encantado com os atores; pensou que um dia pudesse ser ator, mas na escola nunca quis representar, tinha vergonha, e depois a mãe também não queria saber desse negócio:

— *Bobagem, levar dinheiro para ir ao teatro. Essas professoras inventam cada uma, pensam que a gente é rica. Com esse dinheiro comprava um litro de leite pros pequenos.*

Naquele tempo os pequenos ainda moravam com eles, foi antes de a mãe ficar doente. A mãe reclamava muito, mas acabava dando o dinheiro, bastava a professora pedir que ela dava um jeito de arrumar, e se fosse preciso lavava mais roupas. Achava que a escola era muito importante, e que os filhos tinham que estudar para virar gente na vida.

— *A única coisa que eu ainda posso dar a vocês é o estudo. Se aquele safado do seu pai não tivesse dado linha na pipa, tudo era mais fácil, mas não, bastou os pequenos nascerem pra ele se mandar. Vai ver que tem até outra família, o covarde. Malandro, safado! Nunca gostou de trabalhar, pensando bem foi até bom ele ter dado o fora.*

Luciano já estava cansado de ouvir a mãe falar isso, sabia que era tudo da boca pra fora. No dia em que o pai foi embora ela chorou muito. Ele não, achou que o pai nem ia fazer tanta falta assim, nunca estava em casa, e quando estava só dormia; dizia que trabalhava de noite, vigia de obra. Luciano duvidava.

Voltou a pensar no teatro e em Sergiana. E se ela quisesse fazer teatro com ele? Ia ser muito bom, podiam até fazer teatro lá pelos lados de Copacabana, assim eles poderiam ir à praia antes dos ensaios. Ela ia gostar muito.

Parou de pensar nos desejos e foi pra escola. Leonardo e Lucimara já deviam estar voltando, estudavam de manhã.

Antes de ir à escola, Luciano tinha que dar os remédios da mãe, e deixar sempre uma garrafa de água perto da cama, além de ouvir as recomendações da mãe, que eram muitas:

— *Olha, vocês não vão ficar aí pelas ruas, venham direto pra casa que tão dizendo que hoje vai ter tiroteio outra vez.*

Luciano achava bobagem a mãe se preocupar com os tiroteios; todo dia tinha. Ele sabia se virar, até conhecia um monte de meninos do movimento. Alguns já tinham estudado com ele, só que viviam faltando à aula, até que desistiram da escola. Muitos já tinham morrido.

O Anderson já tinha sido o seu melhor amigo, mas depois que entrou pra boca nunca mais foi o mesmo. Quando eles eram menores, jogavam bola de gude no portão da casa de Luciano; o Anderson era bom em bola de gude. Agora não tinha mais tempo pra essas brincadeiras. Passou a andar armado e de cabeça baixa. Tinha doze anos, não conhecia nem o pai nem a mãe. Era a avó quem o criava. Quando ele entrou pra boca, ela sofreu muito, não se conformava em ver o neto naquele lugar; ia todas as noites buscá-lo. Depois não foi mais.

— Vó, é melhor a senhora parar de vir aqui, os pessoal aí não estão gostando nada disso, ficam tudo dizendo que eu sou fedelho. Tô avisando, é melhor pra senhora mesmo.

Luciano também achou que o Anderson estava diferente, até a fala tinha mudado, e estava muito mais magro, tão magro que parecia que ia entortar com o vento.

— E aí, sangue bom? Quanto tempo que não te vejo, Luciano. Chega aí pra eu te dar uma ideia.

— Não, agora tô com pressa, minha mãe está doente.

— Ih, ó o cara, tá vacilando!

— Tá bom, fala aí, mas é sério, minha mãe está doente, tenho que dar o remédio dela.

— *Só te chamei porque tu sempre foi gente boa, sangue bom, nunca me dedurou. Aí, se tiver algum aperto pode contar comigo. Só queria te dar essa ideia, vai na paz.*

Depois daquele dia eles nunca mais se falaram. Durante o dia, o Anderson só andava de cabeça baixa, e o Luciano achava que ele nem enxergava as pessoas, só via mesmo os inimigos do outro lado.

Essa lembrança fez ele pensar que o Anderson já parecia um homem, mas ele era um ano mais velho que o Anderson; apostava que o amigo já tinha ficado até com mulher (*"que dirá com garotas!"*). Ele não, nunca tinha ficado com nenhuma garota, mas isso ele não queria contar nem pra Sergiana. E Mychelle? Se ela soubesse contaria pra escola inteira.

Luciano se achava muito feio, não gostava de suas pernas, achava-as muito finas, nem pareciam pernas de homem. Também não gostava do seu rosto, o nariz lhe parecia grande demais. *"Ficar sem camisa?"* Nem pensar, tinha o peito afundado pra dentro. A mãe dizia que era por causa de uma bronquite que ele tivera em criança. Quando se olhava no espelho não gostava do que via:

— *Como é que vou ficar com garotas, se sou feio desse jeito? Nenhuma garota vai querer ficar comigo.*

E aí desejou ter umas roupas bem bacanas pra ver se ficava bonito. O primo dele só andava bem-arrumado, só com roupa de marca.

— *Também pudera, meu filho, o pai dele trabalha de carteira assinada e a mãe é fixa em casa de madame pra mais de cinco anos. Assim até eu podia comprar as coisas pra vocês.*

Nessa hora ele desejou que o pai não tivesse ido embora, e até se lembrou das kombis que a Sergiana ficava esperando para ver se a mãe dela chegava. Quem sabe se ele ficasse esperando nos pontos das kombis o pai também não voltava?

— *Voltar pra quê? Não faz a menor falta.* — A mãe sempre falava isso. — *Quando eu tiver força de novo para trabalhar, você vai ver só, não vou deixar faltar nadinha aqui em casa.* — Isso a mãe também falava todo dia.

Luciano nem sabia direito qual era a doença da mãe, ela vivia com febre alta, e o menino achava que os delírios eram pesadelos, achava estranho, nunca tinha visto ninguém ter pesadelo acordado. A comadre vinha todo mês para levá-la ao posto de saúde, e lá eles davam os remédios.

Todos os dias antes de ir para a escola era ele quem varria a casa; depois, à tarde, Lucimara lavava a louça, Lidiane limpava o fogão, e Leonardo brincava no portão. Quando voltava tinha que cuidar dos uniformes, mas só dava para lavar a roupa de escola quando os outros vizinhos do beco já tinham terminado de usar o tanque, e às vezes eles só acabavam bem tarde.

Até que não tinha muita coisa pra fazer, a comida era pouca e a louça também, e nem todo dia havia que comer, mas aí eles comiam na escola, e como a mãe, depois que ficou doente, não tinha quase fome estava tudo resolvido.

Um dia a professora do Luciano achou de pedir uma redação também. Ela nunca havia pedido para eles fazerem redação.

— *Hoje, vocês vão fazer uma redação, e o tema da redação é a família. Podem começar.*

E foi nessa hora que o menino descobriu qual era o seu verdadeiro desejo, o desejo mais forte de todos os desejos que ele já havia tido. Lembrou-se dos livros que a professora levava pra sala: de português, de matemática, de história e de geografia. Luciano achava os livros muito bonitos, mas o preferido era o de história, só que a professora não deixava nenhum aluno levar os livros pra casa:

— *Já disse que não pode levar pra casa, vocês não têm nem onde guardar, vai ficar tudo jogado, e depois vocês vão se esquecer de trazer pra escola. Já conheço essa história. Vocês perdem tudo que é livro.*

Luciano não se lembrava de ter perdido nenhum livro, até porque ele nunca tinha levado nenhum para casa. Como é que iria perder? Mas pensando bem era melhor não levar mesmo, a mãe dele não queria saber de livros em casa:

— *Olhe, não me tragam nenhum livro pra casa, ouviram? A Emídia disse que no dia da matrícula dona Abigail avisou que se algum livro sumir, ou for rasgado, a gente tem que pagar, porque no final do ano o governo manda recolher tudo. Quem quis levar os livros pra casa teve que assinar um papel lá, teve gente que até deixou cheque. A Emídia ainda ficou falando das propagandas da televisão sobre os livros que o governo dava pras crianças de escola pública, mas não adiantou nada. Eu não quero essa história comigo, pra evitar confusão aqui em casa não entra nenhum livro.*

Luciano se lembrou de um livro de estudos sociais da quarta série, e aí se lembrou das fotos de famílias que havia no livro. No livro de português também havia várias fotos de família, e as famílias dos livros eram sempre muito bonitas, principalmente aquela sentada à mesa na hora do jantar: o pai, a mãe e os três filhos — dois meninos e uma menina. A mãe era linda, e o pai parecia muito legal. A mãe estava servindo o jantar: frango, arroz, feijão, farofa e salada. A mesa era bonita, e a casa também. Casa de dois andares. Todos pareciam felizes na fotografia. Logo depois dessa foto vinha uma outra com a mesma família vendo televisão. Todos sentados num sofá vermelho muito bonito.

Na televisão ele sempre via as famílias das novelas jantando juntas, à mesa. Ele achava muito bonito a família assim reunida. Sempre tinha suco de laranja em copos bonitos, e todo mundo bem-arrumado. Outra coisa que ele achava bacana era a sobremesa, na casa dele não existia esse costume de sobremesa não. Só nas novelas e na escola. Um dia ele pediu sobremesa à mãe.

— Que negócio é esse de sobremesa, menino? Aposto que isso é coisa lá da sua escola. Essas professoras têm cada uma!

Pensou na redação, nas famílias dos livros, mas a professora interrompeu seus pensamentos:

— *Vocês têm de falar da família de vocês, como ela é, quantas pessoas vivem em casa, se o pai mora junto, se tem avó, avô, quantos irmãos, se a mãe trabalha, se o pai trabalha. Escrevam bastante, e procurem fazer uma redação bem bacana, porque vocês já estão na sexta série. A melhor redação vai ficar no mural da escola.*

Luciano pensou em como é que ele iria fazer uma redação bonita se a família dele não era igual à dos livros: *"Bem que podia ser, era só o meu pai voltar pra casa, minha mãe ficar boa outra vez e comprar um vestido bem bonito pra ela e colocar o jantar pra gente".*

O menino esqueceu que ainda faltava o suco de laranja e os copos bonitos: *"Mas lá em casa não tem mesa de jantar,* e a casa é muito feia, não tem dois andares, só a laje, mas lá mora a dona Zeni".

E Luciano pensou que lá na Maré não tinha prédio, só casa. As pessoas até vendiam a laje de suas casas, e quem comprava construía outra casa em cima; mas prédios altos não tinha, e ele achava muito bacana lugar com prédios. Depois se lembrou de que do lado do Pinheiro havia os apartamentos, mas não eram como os da Zona Sul: "*É conjunto habitacional, não tem elevador nem* play. *São muito baixos!*".

"*Será que um dia vai ter prédios na Maré?*" Ficou pensando nisso, e se esqueceu da redação, começou a desenhar um monte de edifícios, cada um mais alto que o outro. Desenhou ruas arborizadas, carros, postes de luz, posto de gasolina, padaria, banca de jornal, e nenhuma casa, só prédios. A professora viu o desenho e achou bonito:

— *Luciano, você desenha muito bem, já pensou em ser arquiteto?*

Ele não sabia o que os arquitetos faziam, aí a professora explicou, e o menino gostou da ideia. Quem sabe se fosse arquiteto não construiria um monte de edifícios na Maré?

Todo mundo entregou a redação, menos o Luciano, mas a professora não brigou com ele:

— *Amanhã você faz a redação, tá?*

Luciano foi pra casa pensando nos prédios do seu desenho. Em casa estava tudo igual: a mãe na cama, os irmãos vendo televisão. Comeram arroz e feijão da cesta básica que ele pegou na igreja. Luciano ficou pensando nas famílias dos livros e resolveu desenhar. Desenhou uma sala, com uma mesa grande, arrumada com pratos e copos bonitos, lembrou-se da jarra de suco, mas o lápis amarelo ele tinha perdido na escola, não ia dar para desenhar o suco de laranja. Fingiu que era água, assim nem precisava pintar.

— *Caraca, Leonardo, vem ver o desenho do Luciano, é muito bonito!*

Lidiane pediu para ele fazer um desenho para ela, queria uma Barbie e a casinha da Barbie. Ele acabou fazendo um desenho para cada um:

— *Eu quero um campo de futebol.*

— *Eu quero um vestido de festa.*

Acabou de desenhar e foi dormir. Sonhou com o pai entrando num prédio muito alto, acordou assustado quando o prédio começou a pegar fogo.

No dia seguinte, foi pra escola pensando em encontrar Sergiana, ela estava faltando muito. Sergiana contava que, às vezes, a tia pedia pra ela faltar pra ajudar em casa.

Queria passear na Teixeira com ela, e também mostrar os seus desenhos. Sergiana estava na sala dela, e na hora do lanche se encontraram no refeitório.

— *Vamos andar na Teixeira?*

Ela topou na hora, também estava com saudades do Luciano. Viu os desenhos e gostou muito. Algumas professoras do turno da tarde não vieram, e eles foram mais cedo andar na Teixeira Ribeiro, mas a rua estava cercada por policiais, tinham matado um garoto do movimento. Luciano quis ver o morto, Sergiana não quis olhar.

— *Deram muito tiro, só na cara!*

— *Não sei como você aguenta ver essas coisas. Ontem, atrás da minha casa, mataram um, até pensei que fosse o meu primo. Nem fui ver. Minha tia falou que não era.*

Sergiana lembrou-se das balas que tinha de catar no quintal. Pelo jeito, naquela noite iriam ter muitas balas. Dependendo da quantidade, ficaria muito cansada.

Voltaram e resolveram ficar no pátio da escola.

— *O que você quer que eu desenhe?*

Sergiana pediu que ele desenhasse o mar, depois pediu que ele a desenhasse tomando banho de mar.

— *Você consegue me desenhar? Mas quero com os cabelos soltos.*

— *Não sei se vou conseguir desenhar você; e se ficar feio?*

— *Acho que não vai ficar; você sabe desenhar muito bem, Luciano.*

Luciano desenhou o mar, e Sergiana com cabelos soltos. Parecia até que o vento estava batendo nos cabelos dela. Ela se achou linda no desenho do Luciano, parecia até a princesa Caralâmpia.

— *Caralâmpia? Que nome esquisito, Sergiana.*

Sergiana explicou pro Luciano quem era Caralâmpia; o menino achou muito engraçado, e desenhou a menina com um vestido da cor do mar, com uma coroa de rosas e enfeites de vaga-lume.

Depois, Luciano desenhou um monte de prédios, pracinha e crianças brincando, desenhou ele e Sergiana passeando na Teixeira, mas no seu desenho a Teixeira tinha prédios muito altos.

— *Luciano, será que você consegue desenhar a Maré inteira? Mas desenha a Maré com praia, tá?*

— *Mas aqui não tem praia.*

— *Não tem nada a ver, aqui também não tem prédios. No desenho a gente pode colocar tudo do jeito que a gente quer, é*

igual na história que a gente inventa. Você sabia que eu vou ser escritora? Então, vou escrever tudo o que eu quiser, e se você quiser também pode ser desenhista, aí vai poder desenhar tudo do mundo.

Sergiana começou a rodar com os braços abertos, só pra mostrar pro Luciano o tamanho de tudo do mundo:

— Assim, ó, tudo do mundo!

Luciano achou Sergiana muito bonita rodando com os braços abertos. Nunca a tinha visto assim, tão bonita e tão feliz.

O menino gostou da ideia de Sergiana, pensou que podia ser arquiteto e desenhista. Começou a desenhar mais coisas: a Maré inteirinha, prédios enormes, o mar, a menina com os cabelos molhados e soltos ao vento, e uma família jantando numa casa bem bonita.

Mas o desenho de que ele mais gostou foi o que fez por último: a mãe colocando o jantar numa mesa grande, com pratos bonitos, arroz, feijão, bife, salada e uma jarra de suco com copos bonitos; a Lidiane, o Leonardo, a Lucimara e os gêmeos: todos sentados em volta da mesa, e ele chegando da rua e dando um beijo na mãe.

Sergiana gostou muito dos desenhos. Eram mesmo muito bonitos.

— Luciano, você vai ser mesmo desenhista!

E o menino pensou que ser desenhista era agora o seu maior desejo.

3. Sergiana, Luciano e a princesa Caralâmpia

Luciano foi dormir pensando em seu desejo. Pensando em como seria bom ser um grande desenhista. *"Quem sabe, até pintor de quadros?"*

Na Teixeira sempre aparecia alguém vendendo quadros, havia quadros de cavalos, de paisagens e de mulheres com roupas transparentes. Mas ele queria mesmo era quadros com prédios. Nunca tinha visto nenhum. Sua mãe sempre quis ter um quadro de paisagem na parede da sala. Pensou que, se fosse desenhista ou pintor, poderia fazer um para ela.

Acordou cedo, deu os remédios à mãe e foi pra escola. Chegou bem antes da hora. Tinha feito mais um desenho, e estava ansioso pra mostrar a Sergiana. Desenhara um *shopping* na Maré. Até a mãe dele, que não ligava pra essas coisas, achou bonito.

Quando ele chegou, a professora pegou o desenho e foi mostrar à diretora da escola, e ela perguntou se ele não queria pintar um painel no refeitório.

Sergiana adorou o *shopping*, e Mychelle pediu que Luciano desenhasse um prédio com um *playground* igualzinho ao do prédio da patroa de sua mãe. O menino desenhou.

Mychelle contou que tinha ido a uma festa na casa da patroa da mãe dela, mas que tinha sido muito ruim, não conseguira fazer amizades com ninguém:

— *As garotas lá do play eram muito metidas, e a filha da patroa da minha mãe também. Elas ficavam só em grupinho. Não gostei, não, foi muito chato, fiquei com sono, mas tive que esperar minha mãe acabar de limpar tudo.*

Luciano foi pra sala de aula. As meninas ficaram no pátio, a professora tinha faltado outra vez, e Sergiana achou que ela não voltava mais: "Ela não gostava de dar aula aqui, vai ver arranjou outra escola. Tomara!".

A diretora mandou que a turma de Sergiana fosse para a sala de leitura. Sergiana achou ótimo, gostava muito de ir pra lá.

Depois da aula, Luciano foi pro pátio. Sergiana já estava lá com Mychelle, esperando por ele; tinham combinado de ir à Teixeira:

— *Vamos, Mychelle, sua mãe nem vai saber. Às vezes, a tia da Sergiana nem fica sabendo que a gente vai pra lá.*

Quando saíram da escola, perceberam que estava havendo alguma coisa, já era o terceiro carro da polícia que passava correndo em direção à Teixeira. Acharam melhor ficar pela escola até tudo se acalmar.

— *Luciano, você já ficou com alguma menina?*

Mychelle perguntou. Sergiana ficou vermelha, disfarçou o mais que pôde pro Luciano não perceber o seu embaraço.

O menino sabia que não podia contar a verdade pra elas. De cabeça baixa, respondeu que já tinha ficado com três, então Mychelle perguntou por que é que ele não ficava com a Sergiana:

— Essa boba aí nunca ficou com nenhum garoto, vocês são tão chegados, por que não ensina pra ela como é que se fica?

Sergiana não sabia o que fazer, queria sair correndo dali, se enfiar em algum buraco. Ficou com tanta raiva de Mychelle que começou a chorar.

— Eu só tava brincando, sua boba. O que tem isso? Não tem nada de mais ficar.

Luciano também ficou envergonhado, Sergiana era a sua melhor amiga, não queria que ela ficasse com raiva dele.

O movimento na rua já tinha acabado, e já estava na hora de a escola fechar. Resolveram ir embora, não dava mais tempo de ir passear na Teixeira. Mychelle despediu-se dos dois e foi embora.

Luciano sempre ia com Sergiana até perto da casa dela. No caminho quase não se falaram, despediram-se na esquina da rua de Sergiana, e, pela primeira vez, Luciano sentiu uma vontade muito forte de segurar a mão dela. Sergiana dobrou a esquina, correndo, sem olhar pra trás; deixou Luciano pensando: *"Como é que a Sergiana vai querer ficar comigo?"*. Apalpou o nariz. *"Com esse nariz grande, essas pernas finas desse jeito. Ela deve me achar muito feio."*

Lucimara e Leonardo estavam na sala vendo tevê, Lidiane estava no quarto, perto da cama da mãe, brincando de casinha com umas panelinhas e uma boneca que ela ganhou na festa da igreja.

Luciano foi até o quarto, sua mãe estava sem febre, disse que estava se sentindo bem melhor. O menino não via a hora de a mãe ficar boa: trabalhar de novo, cuidar da casa... Estava tudo muito desarrumado, eles não sabiam arrumar direito.

— Mãe, bem que você podia deixar eu fazer carreto na feira, o Leonardo podia me ajudar, dava pra gente arrumar algum dinheiro.

— Já disse que não, é perigoso ficar andando pela feira, sempre tem confusão, e depois eu já estou melhorando, acho que até o final deste mês já estou boa. Vou ver uma faxina lá pelos lados de Copacabana, por lá eles pagam mais.

Luciano queria muito fazer carreto na feira, um monte de menino menor do que ele já fazia. Pensou que, se conseguisse dinheiro com o carreto, até poderia comprar uma latinha de goiabada de presente pra Sergiana; ela iria gostar muito. Decidiu que ia fazer escondido da mãe, era só dizer que ia pro futebol, e pronto. Foi dormir pensando em Sergiana, e no carrinho que precisava arrumar para fazer o carreto.

No outro dia, foi o primeiro a acordar, precisava dar um jeito de conseguir um carrinho pro domingo. Lembrou que os primos de Sergiana já haviam feito carreto, quem sabe não tinha um carrinho lá na casa da menina? Foi até lá, Sergiana estava no portão, levou um susto com a chegada do menino, não era comum ele aparecer na casa dela, ainda mais àquela hora. Luciano contou pra menina que precisava fazer carreto na feira, e queria saber se os primos dela tinham deixado o carrinho por lá. Disse que, quando começasse a ganhar dinheiro, pagaria o carrinho. Sergiana sabia que os primos nunca mais iriam trabalhar na feira, e o carrinho estava jogado no fundo da casa. A tia não se importou, gostava do Luciano, achava que ele era uma boa companhia pra sobrinha.

— *Pode levar, Luciano, aqui em casa ninguém vai precisar disso, e depois, se algum dia eles resolverem voltar a trabalhar, a gente dá um jeito. Não precisa pagar pelo carrinho, não. Está todo velho, você vai ter é que ajeitar primeiro.*

Luciano viu que o carrinho precisava mesmo de conserto, estava muito quebrado. Agradeceu, pegou o carrinho e foi pra casa tentar consertá-lo. Sua mãe não podia saber de nada, era melhor nem falar com o Leonardo. Pensou que fazer carreto era melhor do que vender as balas que ficavam pelo chão; sua mãe sempre disse que esse negócio era perigoso, e além do mais, pra ganhar dinheiro mesmo, era preciso sair catando as balas que caíam nas ruas, porque no quintal de sua casa não caía tanta bala assim; e isso era mais perigoso ainda.

O menino deu um jeito no carrinho e deixou-o nos fundos; sua mãe não poderia saber de nada.

— *Mãe, já tô indo, quando eu voltar lavo os uniformes, já dei a comida da Lidiane.*

No caminho, Luciano encontrou Leonardo e Lucimara, que vinham da escola, e lembrou-lhes que não poderiam esquecer o horário do remédio da mãe. Lucimara disse que a professora reclamou que o uniforme dela estava muito sujo:

— *Ela falou na frente de todo mundo, fiquei morrendo de vergonha.*

Luciano explicou à irmã que não tinha lavado porque o sabão acabara, mas ela não podia falar pra mãe, ela iria ficar preocupada, e não poderia fazer nada. Depois ele daria um jeito de arrumar sabão.

Pensou que teria mais uma coisa pra comprar com o dinheiro do carreto: sabão. Talvez nem desse para comprar a latinha de goiabada da Sergiana.

Sergiana já estava no pátio quando Luciano chegou; meio encabulado, foi falar com ela; a menina também estava sem graça, não sabia o que dizer depois daquela história da Mychelle, não conseguia nem levantar a cabeça pra olhar pra ele. Luciano falou que já havia consertado o carrinho, e que começaria na feira naquele domingo mesmo, e que se tudo desse certo ele iria comprar um presente para ela, porque, se não fosse por ela, não teria o carrinho.

A menina sentiu que havia ficado vermelha, levantou a cabeça e encontrou os olhos de Luciano, que procuravam os dela. Sentiu um frio na barriga, e na mesma hora lembrou-se das palavras de Mychelle:

— *É muito bom ficar com um garoto, dá um frio na barriga!*

Luciano foi pra sala, e Sergiana ficou no pátio, ia ter aula de educação física, depois estaria liberada, a professora havia faltado outra vez.

Na sala de aula, a professora do Luciano perguntou se ele havia feito mais desenhos; disse a ele que iria ver se arranjava um curso de desenho para ele fazer.

— *Só quando a minha mãe ficar boa, porque a gente não pode deixar ela sozinha; de manhã meus irmãos estão na escola, e à noite ela não vai deixar mesmo.*

A professora explicou que era só duas vezes por semana, já tinha visto um ali por perto, e a diretora da escola estava tentando falar com o pessoal do curso. Luciano disse que queria muito fazer, mas tinha mesmo que esperar a mãe ficar boa.

Quando a aula acabou, Luciano foi procurar Sergiana, mas a menina já tinha ido embora; ele pensou em passar na casa dela, mas precisava voltar logo pra casa, tinha prometido à mãe que lavaria os uniformes quando chegasse. Iria dar um jeito: lavar sem sabão mesmo.

Em casa, encontrou a mãe sentada na sala vendo novela com os irmãos; parecia que estava bem melhor. Luciano sentiu um alívio enorme, às vezes chegava a pensar que a mãe iria morrer com aquela doença.

— *Luciano, a Emídia veio aqui me visitar e trouxe um picadinho de carne que ela fez, está muito gostoso, deixei um pouco pra você, os meninos já comeram.*

O menino colocou o picadinho no prato e comeu com muito gosto. Pensou no seu desejo: a mãe, os irmãos... Todos em volta da mesa de jantar, copos e pratos bonitos, e a jarra de suco de laranja.

Lidiane perguntou se um dia a mãe não podia levá-la ao McDonald's, nunca tinha ido lá, se fosse ganharia os mesmos brindes que a filha da dona Emídia ganhou:

— *Mãe, os cachorrinhos são lindinhos, a Suelem escolheu um todo branquinho. Me leva lá?*

Luciano também tinha vontade de ir ao McDonald's, quem sabe se com o dinheiro do carreto não conseguiria levar os irmãos? Mas primeiro iria comprar algumas coisas pra casa; depois, compraria a latinha de goiabada da Sergiana.

Luciano foi pro beco lavar os uniformes. Esfregou as blusas e os *shorts*. De fato, as blusas estavam muito sujas, teve que esfregar muito porque não tinha sabão. Enxaguou tudo, viu que ainda estava mal lavado, mas deixou assim mesmo. Quando comprasse o sabão, lavaria melhor.

No domingo, acordou muito cedo, já tinha avisado à mãe que iria pro futebol. Pegou o carrinho e dirigiu-se à feira. Vários garotos faziam carreto; se fosse muito distante cobraria três reais, mais do que isso ninguém pagava.

Na feira tinha um monte de gente que conhecia sua mãe, acabariam contando pra ela. Ficou umas duas horas esperando até aparecer a primeira pessoa que queria um carreto e, como não era muito longe, só cobrou dois reais.

Luciano ficou na feira até as duas horas da tarde; já estava morrendo de fome, precisava voltar pra casa. Conseguiu arrumar oito reais. Comprou sabão, um litro de leite, feijão, arroz e cebola; guardou um e cinquenta pra inteirar na latinha de goiabada da Sergiana, que talvez compraria no domingo seguinte.

Não podia voltar com o carrinho pra casa; pensou em deixá-lo na casa de Sergiana, assim aproveitaria para ver a menina, mas pensou também que a tia dela poderia achar que era muito abuso da parte dele, então resolveu que deixaria o carrinho no campinho perto de sua casa, e à noite, quando a mãe estivesse dormindo, o guardaria.

— Meu filho, você demorou muito nesse futebol, já estava preocupada.

O menino entrou em casa, tomou um banho e foi procurar o que comer. Novamente pensou no seu desejo, achou que ele combinava com um dia de domingo: comida na mesa, copos bonitos, jarra de suco e até sobremesa. Mas em sua casa não tinha mesa, só uma bem pequena na

cozinha, mesmo assim era pra guardar as panelas, não dava pra ser mesa de jantar.

Colocou o arroz no prato com um pouco de farinha e comeu. Lembrou-se do picadinho do dia anterior e do McDonald's. Queria muito comer coisas gostosas. Às vezes, na escola, serviam frango com macarrão.

Sua mãe via televisão, um programa de que ela gostava muito:

— *Eu sempre quis escrever pra eles, contar a minha vida, quem sabe eu não conseguia ir lá?*

Lucimara também queria, só pensava em ganhar as coisas que as princesas do programa ganhavam: roupas, sapatos, brinquedos...

Lidiane queria ir junto, Lucimara e Leonardo também, só Luciano não queria, tinha vergonha.

Luciano acabou de comer e foi pra rua ver se tinha alguém pra brincar enquanto não escurecia. Nos domingos, durante o dia, as ruas perto de sua casa ficavam muito animadas.

Na esquina, os meninos estavam conversando sobre o arrastão que viram em Ipanema:

— *Caraca, mané, foi de responsa. Os moleques foram em cima dos turistas. Eu e o Andrey só ficamos olhando de longe. Depois, teve uma hora que um dos moleques reconheceu a gente... não foi, Andrey? Era aquele moleque da rua de trás, aquele que jogava bola com a gente, e que depois entrou pro movimento. Quando ele falou comigo, até tremi, já pensou se entrassem numa que a gente tava com eles? Pô, cara, foi muito sinistro, não dá pra ir à praia dia de domingo mais não. Muito perigoso!*

Nessa hora, Luciano lembrou-se de Sergiana; a menina adorava o mar. Teve vontade de ir à praia com ela. Um dia, foi com os meninos, mas agora não podia, sua mãe não deixava.

Naquele dia ia ter um baile na praça:

— *Vamos, Luciano, vai ser maneiro, aí, cheio de gatinha. Tu não vai nunca, fica só dentro de casa, cara, parece até boiola. Aposto que nunca ficou com garota.*

Era sempre assim, bastava ele dizer que não podia ir a algum lugar com os meninos que eles o chamavam de boiola; ficava muito magoado. Sua mãe não o deixava ficar andando pela favela à noite:

— *Não adianta, você não vai, esses bailes não prestam, só tem pouca-vergonha, e depois tem sempre tiroteio.*

Nesse ponto, ele sabia que a mãe estava com a razão, sempre havia histórias de adolescentes que morriam nos bailes da favela. Todo baile tinha um caso desses.

Luciano pensou que seria bom ir ao baile com Sergiana; teve vontade de dançar com a menina, mas... como? Só se fossem escondidos, porque a tia dela também não deixaria.

Anoiteceu, Luciano despediu-se dos meninos e foi pra casa. Segunda-feira era dia de a mãe ir ao posto de saúde; quem sabe ela não recebia alta?

— *Meu filho, amanhã a Cremilda vem cedinho pra gente ir ao posto, acho que já vou receber alta pra poder trabalhar; mesmo assim vou pedir a ela pra ficar com os gêmeos até o final do ano, já basta vocês terem que ficar sozinhos, eles ainda são muito pequenos.*

Luciano gostou da ideia de deixar os irmãos menores com a comadre da mãe; eles davam muito trabalho.

Naquela noite Luciano sonhou com Sergiana, e no sonho a menina estava linda, andava pelas ruas com um vestido de festa; todos os meninos da rua queriam ficar com ela. Sergiana nem olhava pra ele.

Acordou com a mãe avisando que já estava saindo. Levantou-se, abriu a caixa de leite, misturou no café que a mãe havia feito, ligou a televisão e ficou esperando os irmãos; não precisava acordá-los, eles não tinham aula. Desligou a televisão, pegou as folhas que ganhou da professora e começou a desenhar. Desenhou um menino e uma menina andando pela rua de mãos dadas; os cabelos da menina estavam soltos e voavam com o vento. Desenhou o mar com barquinhos e gente pescando.

Leonardo e Lucimara acordaram, Lidiane ainda dormia, já eram onze horas, precisava arrumar-se pra ir para a escola. Avisou aos irmãos que a mãe tinha ido ao posto, que tinha comida no fogão, e foi se arrumar para ir à escola.

Colocou o uniforme e olhou-se no espelho que ficava na porta do armário da mãe. Penteou os cabelos, ajeitou o *short* e ficou olhando o seu tórax; não gostou (a mãe disse que quando ele crescesse o peito não seria mais afundado, o médico falou que consertava com o tempo). Esfregou o nariz com as mãos, desejava que ele fosse menor. Pensou em Sergiana, e sentiu vontade de ficar com ela. No caminho da escola a vontade foi aumentando, precisava falar mesmo com ela. *"E se ela não quiser? E se não quiser nem ser mais minha amiga?"* Mesmo morrendo de medo, decidiu que falaria.

Procurou por Sergiana em todos os lugares da escola e não a encontrou; a sala dela estava vazia, Mychelle também não havia chegado. Seu coração batia muito forte. Achou que a menina estava atrasada; olhou no relógio da sala da direção e viu que ainda faltava mais de meia hora pras aulas começarem, mas mesmo assim estava ansioso.

"*E se ela não vier?*" Ficou com medo de que tivesse acontecido alguma coisa, Sergiana nunca faltava nas segundas-feiras. Foi esperar por ela na sala de leitura.

Sergiana não queria chegar atrasada naquele dia, já tinha chegado na outra semana. Gostava de chegar cedo na segunda-feira pra poder ficar mais tempo com Luciano, já bastava não vê-lo sábado e domingo. Às vezes, a tia pedia pra ela entregar as roupas que passava no fim de semana; quando isso acontecia, ela chegava atrasada, a tia demorava muito pra arrumar a trouxa de roupa.

Pensou que encontraria Luciano no portão da escola, ele sempre esperava por ela na entrada, mas ele não estava lá, seu coração bateu mais forte. "*E se ele faltar à aula hoje?*" Subiu a rampa correndo, nem passou pela sala de leitura que costumava ficar aberta na hora da entrada. Foi até a sala do menino, havia alguns alunos no fundo da sala, perguntou por ele, mas disseram que ele não tinha chegado ainda. Desceu a rampa, ainda faltavam vinte minutos pro sinal bater. Ficou zanzando pelo pátio interno.

Na sala de leitura, Luciano estava distraído com um livro novo que a sua professora havia comprado numa feira de livros: *A terra dos meninos pelados*. Achou o nome engraçado, pensou que fosse uma história sobre meninos nus; abriu o livro e viu que não era nada daquilo, era só mais uma história pra crianças; começou a folheá-lo sem muito interesse, quando se deparou com uma palavra:

57

"Caralâmpia". Seu coração bateu forte, só podia ser a tal princesa de que Sergiana falava tanto, precisava contar pra ela. Largou o livro em cima da mesa e foi correndo ver se ela já havia chegado; avistou a menina no pátio, e sentiu que o seu coração batia mais forte do que tudo no mundo.

Sergiana viu Luciano e respirou aliviada:

— *Pensei que você não viesse hoje.*

Luciano olhou pra ela e achou que ela estava mais bonita.

— *Você precisa ver o que eu encontrei, vamos pra sala de leitura que eu te mostro.*

Quando entraram, Luciano pegou o livro em cima da mesa — já aberto na página — e mostrou-o pra ela. Sergiana viu escrito o nome da princesa que ela sempre dese-

jou conhecer; lembrou-se de Buíque: de sua casa, da fazenda Maniçoba — onde a princesa morou —, do vestido da cor do mar, das pulseiras de cobra-coral... Teve medo, gostava mais de pulseiras de brilhantes. Lembrou-se da mãe que falava da princesa, sentiu muitas saudades. Abaixou a cabeça pro Luciano não ver que seus olhos estavam marejados, mas ele percebeu; levantou a cabeça dela, enxugou duas gotinhas de água que escorriam pelo rosto vermelho da menina, tomou coragem e falou baixinho:

— *Sergiana, eu acho você muito mais bonita que a princesa Caralâmpia.*

O sinal bateu, os olhos de Sergiana brilharam, e o coração do menino disparou. Sergiana até ouviu as batidas.

Luciano segurou a mão dela, e os dois saíram da sala de leitura atordoados. Despediram-se e combinaram de passear na Teixeira quando acabassem as aulas.

Quero mais

Um simples tema de redação foi a senha para que Sergiana e Luciano mergulhassem dentro de si e fizessem muitas descobertas importantes. Que tal saber um pouco mais sobre o mundo de nossos personagens?

Nas próximas páginas, você vai conhecer a autora deste livro e aprender sobre a origem das favelas em geral e da Maré especificamente. E vai descobrir também o universo dos escritores e dos desenhistas. Boa viagem!

Autora

Quem escreveu esta história?

Georgina Martins mora no bairro do Flamengo, na cidade do Rio de Janeiro, é mãe de três filhos e adora dançar, conversar com os amigos, ir à praia e ao cinema. Ela sempre gostou de ler e de estudar, hábitos que adquiriu cedo, pelas mãos dos pais. Aprendeu a ler com a mãe, que apesar de só ter podido cursar a 1ª série ensinou-a também a gostar de poesia e de contos de fadas. Passou a infância ouvindo-a declamar principalmente os poemas de Casimiro de Abreu. Do pai, ouvia as histórias e os "causos" de sua terra natal: Fortaleza.

Ela lembra que se deu conta de que sabia ler num passeio de bonde pelas ruas do bairro da Ilha do Governador, no ano de 1963. Dizia em voz alta as letras que apareciam nas propagandas do bonde que circulava pelas ruas do bairro, até que conseguiu ler sua primeira palavra: *fubá*. O fato a deixou muito espantada e feliz.

A obra de Georgina

Georgina Martins começou a escrever ainda na adolescência: publicava poesias num jornal de Nova Iguaçu, na Baixada Fluminense. O primeiro livro publicado foi *O menino que não se chamava João e a menina que não se chamava Maria* (1999), uma releitura do conto "João e Maria" à luz da infância abandonada no Brasil: os irmãos fogem do padrasto. A seguir vieram *O menino que brincava de ser*, *Fica comigo*, *Espere que vou contar como foi*, *No olho da rua: historinhas quase tristes*, *Todos os amores* e *Outros bichos*.

Além de escrever para crianças, Georgina trabalha na Faculdade de Letras da Universidade Federal do Rio de Janeiro (UFRJ) com projetos de literatura infantil e leitura, e atua em diversos cursos para professores do ensino fundamental e do ensino médio.

Georgina Martins

Autora

Livros e desejos

> "Deve-se escrever da mesma maneira como as lavadeiras lá de Alagoas fazem seu ofício. Elas começam com uma primeira lavada, molham a roupa suja na beira da lagoa ou do riacho, torcem o pano, molham-no novamente, voltam a torcer. Colocam o anil, ensaboam e torcem uma, duas vezes. Depois enxáguam, dão mais uma molhada, agora jogando a água com a mão. Batem o pano na laje ou na pedra limpa, e dão mais uma torcida e mais outra, torcem até não pingar do pano uma só gota. Somente depois de feito tudo isso é que elas dependuram a roupa lavada na corda ou no varal, para secar. Pois quem se mete a escrever devia fazer a mesma coisa. A palavra não foi feita para enfeitar, brilhar como ouro falso; a palavra foi feita para dizer."
>
> Graciliano Ramos

Em casa, Georgina não tinha televisão, pois seus pais não podiam comprar. Só o fizeram quando ela já estava com 12 anos. Os livros e as revistinhas de banca de jornal eram os seus maiores companheiros. Entre as histórias que marcaram sua vida estão *Éramos seis*, de Maria José Dupré, os livros de Graciliano Ramos e os contos de fada "João e Maria", "A moura torta" e "Cinderela".

Na infância, os maiores desejos de Georgina eram tocar o céu com as mãos, ter uma televisão colorida, comer goiabada de latinha e ser dona da fábrica de leite condensado Moça. Hoje em dia, além de escrever muitos livros para crianças, deseja viver num mundo sem injustiça social, onde as pessoas sejam solidárias, honestas, justas e felizes.

Coerente com esses desejos, de agosto de 2002 a dezembro de 2003 coordenou a Oficina da Palavra, um projeto do Centro de Estudos e Ações Solidárias da Favela da Maré (CEASM). Realizado em várias turmas do 1º segmento do ensino fundamental, o projeto consistia em criar e implementar atividades na área de língua portuguesa e literatura para auxiliar no processo de aquisição da leitura e da escrita. As dificuldades iam do despreparo das crianças, que, na melhor hipótese, chegavam à 4ª série conseguindo apenas reconhecer as letras, à interrupção das aulas pela polícia ou pelos traficantes. E a recompensa? "Para mim, o mais estimulante e emocionante era ver as crianças tendo prazer e vontade de aprender."

A vontade de aprender é um bem valioso; muitas crianças e adolescentes que moram na Maré são capazes de enfrentar qualquer dificuldade para ir à escola.

História das favelas

Do cortiço à favela

No final do século XIX havia cerca de 600 cortiços no centro do Rio de Janeiro. O maior deles, com cerca de 4 mil moradores, chamava-se Cabeça de Porco. Habitações coletivas de pessoas muito pobres, os cortiços eram considerados focos de doenças pelas autoridades e foram alvo de uma grande "operação de limpeza", que nada teve a ver com água e sabão. Barata Ribeiro, que administrou a cidade de 1891 a 1893, simplesmente mandou demolir todos os cortiços, deixando uma multidão sem teto da noite para o dia. Sem opção, essas pessoas subiram os morros e fincaram ali suas casas.

Alguns anos depois, em 1897, os soldados que retornaram da Guerra de Canudos não encontraram as casas que o governo lhes prometera construir, e assim ocuparam o morro da Providência, que ficava logo atrás do velho Cabeça de Porco. Como também eram pobres, os soldados ergueram barracos, e a área passou a ser chamada de Morro da Favela, em uma espécie de homenagem a uma encosta em Canudos, Bahia, que tinha o mesmo nome. A partir daí os ajuntamentos de construções populares dos morros do Rio de Janeiro passaram a ser chamados de *favelas*.

Morro da Providência, primeira favela do Brasil. O morro foi ocupado em 1897 por soldados que lutaram na Guerra de Canudos. Quando a guerra terminou, os ex-combatentes chegaram ao Rio de Janeiro sem um lugar para viver. Como o governo não cumpriu a promessa de construir casas para eles, ocuparam o morro.

> "Quem sou eu para te cantar, favela,/ que cantas em mim e para ninguém a noite inteira de sexta/ e a noite inteira de sábado/ e nos desconheces, como igualmente não te conhecemos?"
>
> **"Favelário nacional", Carlos Drummond de Andrade**

História das favelas

A favela ganha o Brasil

A favela também já foi tema de alguns filmes, como Favela dos meus amores, Orfeu negro, Rio zona norte, Cinco vezes favela e Cidade de Deus, este um estrondoso sucesso de público e fonte de muita polêmica entre os especialistas. Baseado no elogiadíssimo romance homônimo de Paulo Lins, o filme conta como a Cidade de Deus, conjunto habitacional da zona oeste do Rio de Janeiro para onde foram transferidos os flagelados das enchentes nos anos 1960, se transformou numa das favelas mais perigosas do Rio de Janeiro nos anos 1980, graças a uma guerra do tráfico de drogas. Cidade de Deus lotou as salas de exibição do país e lançou ao estrelato um punhado de atores saídos diretamente da favela.

De lá para cá, as favelas só fizeram crescer em número, tamanho, população e distribuição geográfica. Elas existem em todo o Brasil. O Rio de Janeiro tem mais de 500. Vinte por cento da população do município vive em favelas; algumas comunidades chegam a ter mais de 100 mil habitantes. A violência que passou a ser associada às favelas surgiu com o tráfico de armas e de drogas, nos anos 1970, e esconde o fato de que ali não vivem apenas bandidos, mas uma maioria de pessoas honestas e trabalhadoras.

O cortiço, avô da favela, já serviu de título a um livro do escritor Aluísio Azevedo. De Rubem Fonseca a Patrícia Melo, vários escritores se dedicaram a contar histórias de moradores de favelas ou da periferia pobre das grandes cidades brasileiras. Até Carlos Drummond de Andrade tocou no assunto, com o poema "Favelário nacional".

Lançado em 2002, o filme *Cidade de Deus* trouxe a favela para o centro das atenções. Ganhou diversos prêmios em todo o mundo e foi indicado a quatro prêmios Oscar: Melhor Diretor, Melhor Fotografia, Melhor Montagem e Melhor Roteiro Adaptado.

História da Maré

O Complexo da Maré

A mata fechada, os manguezais, as praias limpas e a água cristalina em tudo lembravam um paraíso tropical. Em 1500, era assim a área hoje ocupada pelo Complexo da Maré, um recanto tranquilo da baía de Guanabara.

Com a chegada dos colonizadores portugueses, os índios foram expulsos, o local foi dividido em grandes propriedades e o pau-brasil começou a ser extraído em larga escala. Para escoar a produção, construiu-se ali o Porto de Inhaúma, que desapareceu quando o local sofreu um aterramento, séculos depois.

No final do século XIX, com o declínio do comércio externo, os fazendeiros começaram a arrendar as terras a pequenos agricultores. A região da Maré, que fazia parte da Fazenda do Engenho da Pedra, teve destino semelhante. Uma ferrovia foi construída. Em torno das estações começaram a surgir os bairros; em torno dos portos, pequenos povoados de pescadores. No início do século XX teve início o aterramento dos manguezais.

As praias da zona sul ficam a apenas 19 km da Maré, mas Sergiana não conseguia vê-las porque, diferentemente de muitas favelas do Rio de Janeiro, o Complexo da Maré não foi construído em um morro, mas sim num espaço plano localizado na zona da Leopoldina.

Curiosidades da Favela da Maré

• A Rua Teixeira Ribeiro, local onde Sergiana e Luciano gostavam de passear, fica na comunidade de Nova Holanda e é um importante centro comercial e de lazer.
• No Parque União existe uma rua que foi construída com restos de concreto da obra da ponte Rio-Niterói, a Ari Leão.
• A comunidade Salsa e Merengue recebeu esse apelido por causa de uma novela que fazia sucesso na época de sua fundação. Oficialmente, ela se chama Novo Pinheiro.
• A praia de Ramos é a única do subúrbio do Rio. Nos mapas antigos ela aparecia como Mariangu, que significa "mangue".
• A Vila do João, outra comunidade da Maré, ganhou esse nome por causa do general João Batista Figueiredo, que era o presidente do país na época em que o governo federal interveio na Maré, derrubando as palafitas e transferindo os moradores para este conjunto habitacional.

História da Maré

O que é maré

Maré é o movimento das águas do oceano, que, duas vezes por dia, sobem e descem graças à força de atração da Lua, do Sol e, em menor escala, dos planetas. O nível mais alto da água é chamado de maré alta, ou preamar. O nível mais baixo se chama maré baixa, ou baixa-mar. Quem passa um dia na praia pode acompanhar essas variações e ver as coisas que a maré carrega e deposita na praia, de galho de árvore a latinha de refrigerante. Os navegadores gregos foram os primeiros a identificar a conexão entre a posição da Lua e a altura da maré, mas o conhecimento completo do fenômeno só foi possível com as teorias do físico Isaac Newton, que viveu entre os séculos XVII e XVIII. As marés têm um forte conteúdo simbólico que já foi muito explorado pela literatura e pelo cinema, e que se traduz também em expressões bastante populares da nossa língua, como "maré de sorte", "maré de azar", "a maré não está para peixe", "remar contra a maré".

O primeiro barraco

Na década de 1940, graças aos migrantes que afluíam dos outros estados e à construção da Avenida Brasil, o crescimento da região ganhou novo impulso. Como as terras boas do subúrbio já tinham dono, restou a essa população pobre ocupar os terrenos alagadiços no entorno da baía. Segundo a história, o primeiro barraco foi erguido por dona Orosina Vieira. Ela conheceu o lugar num passeio de fim de semana e apaixonou-se por ele, então uma praia limpa e bonita. Cansada de viver num cortiço apertado no centro da cidade, recolheu os materiais que a maré trazia e levantou uma casa na ponta do Timbau, único pedaço de terra realmente firme na época. Outras pessoas vieram. Surgiram as palafitas que se tornariam símbolo da Maré e da miséria do país.

Nos anos 1980 o governo federal interveio, aterrou as regiões alagadas e instalou os moradores em casas pré-fabricadas. Hoje o Complexo da Maré ocupa uma área de 4,6 km². Seus 132 mil moradores representam 2,26% da população do Rio de Janeiro e estão espalhados por 38.273 domicílios, em 16 comunidades. O complexo dispõe de 16 escolas de ensino fundamental e uma de ensino médio. Não há bancos nem agências do correio. Todo o transporte interno é realizado por kombis. Os ônibus deixaram de circular por causa da violência gerada pelos traficantes de drogas.

Ponta do Timbau: aqui nasceu a Maré.

Cultura

Uma infância difícil

A Declaração dos Direitos da Criança, publicada pela ONU (Organização das Nações Unidas) em 20 de novembro de 1959, estabelece que toda criança tem direito ao amor e à compreensão dos pais e da sociedade, a ser protegida contra o abandono e a exploração no trabalho, à educação gratuita, à alimentação, à habitação e à assistência médica, ou seja, a tudo o que é necessário para ela crescer com saúde e se desenvolver plenamente.

Não é o que acontece nas favelas brasileiras. No Rio de Janeiro, palco onde se desenrola a história de Sergiana e Luciano, por exemplo, a renda média das famílias da favela é cinco vezes menor do que a das famílias do asfalto. Isso significa que o dinheiro não dá para todas as necessidades e as crianças são obrigadas a realizar "bicos" para ajudar no orçamento, muitas vezes expondo-se a situações de risco. Além disso, atraídas pelo dinheiro, prestígio e poder, várias delas acabam se entregando à marginalidade e ao tráfico de drogas.

No entanto, muitas crianças e jovens da favela conseguem escrever uma história diferente. Graças a ações desenvolvidas na comunidade por diversas ONGs e profissionais das mais variadas áreas, esses jovens têm conseguido uma profissão e até mesmo um diploma de curso superior.

Não é fácil. Além da carência financeira e da família em geral desestruturada, é preciso superar a violência dos traficantes e dos policiais, a omissão do poder público e o preconceito social, segundo o qual favelado é 100% bandido. Não é fácil, mas existem exemplos suficientes para provar que é possível.

Presença de Graciliano

O escritor preferido de Georgina Martins, a autora de Uma Maré de Desejos, é Graciliano Ramos. Por isso o livro faz algumas referências a ele. Graciliano nasceu em Quebrangulo, Alagoas, mas passou parte da infância em Buíque, no sertão de Pernambuco, a cidade natal de Sergiana. E a princesa Caralâmpia é personagem da obra A terra dos meninos pelados, que conta a história de Raimundo, um menino de quem todo mundo zomba só porque ele é careca e tem um olho preto e outro azul.

A infância difícil — seja por causa da rejeição ao diferente, seja por causa da pobreza — era um tema caro a Graciliano Ramos, que o explorou também em livros como Vidas Secas, Infância e São Bernardo.

Agência Estado

Cultura

Maré de boas ideias

O Centro de Estudos e Ações Solidárias da Maré (CEASM) é uma associação sem fins lucrativos criada em 1997 para atuar nas comunidades que formam o Complexo da Maré. Fruto da iniciativa

de alguns moradores, o CEASM está organizado em redes temáticas — educação, trabalho & educação, cultura, comunicação, memória e observatório — e desenvolve projetos de alfabetização, informática, teatro, línguas, fotografia e música, entre outros. O CEASM mantém um centro de documentação e referência que vem coletando e organizando dados do local e um cursinho pré-vestibular que já conseguiu colocar 45% de seus alunos nas melhores faculdades do Rio e está ajudando a mudar a vida dessas pessoas.

Para arranjar um novo par de sapatos para a irmãzinha Zahra, o garoto Ali participa até de uma maratona, na qual terá de chegar em terceiro lugar — o prêmio para o terceiro colocado é um par de sapatos.

Filhos do Paraíso é um filme iraniano, lançado em 1997, que conta a história de um menino de nove anos que perde o par de sapatos da irmã menor. Os dois irmãos sabem que os pais são pobres e não terão dinheiro para comprar sapatos novos. Assim, irão bolar planos para esconder o acontecimento dos pais e arranjar um novo par de sapatos.

Sociedade

Profissão: escritor

O escritor Mário Quintana escrevia em um hotel. O português José Saramago só consegue escrever em casa. Graciliano Ramos escrevia apenas pela manhã. Há aqueles que planejam a obra minuciosamente e os que escrevem por impulso. Alguns escritores consideram seu trabalho uma vocação; outros, apenas um ofício. Como se vê, não existe regra, mas vale lembrar que ler bastante sempre ajuda a ampliar o universo de referências e as chances de criar uma história interessante. Também é bom não se esquecer de aprimorar o idioma.

Quando está com o livro pronto, o autor pode encaminhar uma cópia para as editoras. Caso o original seja aceito, o editor pode sugerir modificações. Depois de editado e revisado, o livro ganha uma capa e vai para as livrarias. Há, porém, quem trilhe caminhos mais marginais.

É exatamente esse o caso de Reginaldo Ferreira da Silva, o Ferréz. Morador do Capão Redondo, um dos bairros mais violentos da cidade de São Paulo, Ferréz escreve contos, poemas e letras de música desde os sete anos de idade. Conseguiu publicar o primeiro livro com o patrocínio da empresa onde trabalhava e alcançou notoriedade com *Capão pecado*.

Diário de uma catadora de latas

Carolina Maria de Jesus nasceu em Sacramento, Minas Gerais, em 1914. Neta de escravos, estudou apenas até o segundo ano primário. Em 1937, migrou para São Paulo, onde trabalhou como empregada doméstica. Grávida do primeiro filho, mudou-se para a Favela do Canindé e passou a viver como catadora de latas e papel. O diário que escrevia — e no qual relatava o cotidiano na favela — foi descoberto pela imprensa, que passou a fazer reportagens sobre a autora. Em 1960, ele foi editado e publicado com o título de *Quarto de despejo*. Sucesso instantâneo, a edição de 10 mil cópias esgotou-se na primeira semana. Posteriormente a obra foi traduzida para 13 línguas. Com o dinheiro das vendas, Carolina mudou de vida por um tempo. Logo, porém, foi esquecida. Publicou mais alguns livros, mas nenhum vingou comercialmente.

Ligado ao movimento *hip-hop*, além de escrever Ferréz se dedica a promover outros escritores marginais.

Sociedade

Profissão: desenhista

Quem sabe desenhar tem um leque bastante amplo de opções profissionais: desenhista industrial, *designer* gráfico, *webdesigner*, ilustrador, cartunista, retratista, grafiteiro, artista plástico e arquiteto. E em cada uma dessas profissões a variedade também é a regra. Por exemplo, o *designer* gráfico pode criar projetos editoriais de livros, jornais e revistas ou trabalhar para o mercado publicitário, fazendo anúncios; o desenhista industrial pode desenhar de embalagens a móveis, de parafusos a automóveis; o arquiteto pode projetar casas e edifícios ou até uma cidade inteira; e o artista plástico pode trabalhar com pintura, gravura e escultura, entre outros.

As opções são inúmeras. E o talento pode estar em qualquer lugar, até na favela, como provam Antônio Roseno de Lima e Romero Britto, por exemplo. Antônio Roseno (1926-1998) viveu seus últimos vinte anos na Favela Três Marias, em Campinas, São Paulo. Pintava sobre latas, caixas e papéis e foi destaque na grande imprensa. Romero Britto saiu de uma favela do Recife, em Pernambuco, e ganhou o mundo. Hoje, seus quadros coloridos e alegres valem uma fortuna e enfeitam as mansões de celebridades como Madonna e Arnold Schwarzenegger. Uma mudança e tanto para o menino pobre que achava que a vida era um pesadelo.

Cris, a ilustradora de Uma Maré de Desejos, *trabalha no meio editorial: ela cria desenhos para livros e revistas. Seu material de trabalho é variado; para este livro, Cris pintou aquarelas. A função do ilustrador editorial não se restringe a ilustrar um texto: seus desenhos devem interagir com ele, na medida em que trazem uma interpretação bem particular da história.*

Cleveland de Franca é grafiteiro e desenhista.

Cultura

O desejo

Você se lembra dos desejos de Sergiana? Ir à praia, molhar os cabelos e secá-los ao vento, ser escritora e dar um beijo na boca de Luciano eram alguns deles. E Luciano desejava ser ator e ver a família reunida diante de uma bonita mesa de jantar. Segundo os dicionários, "desejo" é "vontade de possuir, anseio, aspiração, ambição". Ou seja, tem tudo a ver com querer as coisas que ainda não temos. E isso não é ruim.

Embora à primeira vista não pareça, o assunto é complexo e muito importante para a filosofia, para a psicanálise e outras áreas que estudam o comportamento humano. Desejo de morte, desejo oculto, desejo inconsciente, desejo reprimido... o tema é central à obra de Sigmund Freud, por exemplo, que afirmou que a realização de um desejo é a essência dos sonhos. Muitas pesquisas têm sido realizadas para se tentar entender a natureza do desejo, de onde ele vem, como se forma. Os cientistas não têm respostas muito claras, mas todo mundo sabe um pouco sobre os próprios desejos, ou vontades. Você já parou para pensar nos seus? Qual é a coisa que você mais deseja fazer? Ou aquela que mais gostaria de ter? Você tem vontade de quê? Ponha suas ideias no papel. É possível que, como Sergiana, você se surpreenda com a quantidade de desejos que tem.

Sigmund Freud estudou a fundo nossos desejos mais íntimos.

O pai da psicanálise

Sigmund Freud nasceu em Freiberg, na Morávia, a 6 de maio de 1856, mas passou a maior parte da vida em Viena, Áustria. Estudou medicina e desde cedo interessou-se pelas doenças mentais. Esse interesse levou-o a Paris, onde frequentou os cursos de Jean-Martin Charcot, neurologista francês que exerceu forte influência sobre suas ideias. De volta a Viena, Freud continuou a investigar a mente humana e criou a psicanálise, um método de tratamento que procura fazer que o próprio paciente descubra a origem de seus problemas emocionais e/ou mentais, tomando consciência deles. Para isso, ele explorou conceitos como "consciente" e "inconsciente", e criou outros como "ego", "superego" e "id". Freud fundou a Sociedade Psicanalítica de Viena em 1908 e escreveu A interpretação dos sonhos, Três ensaios sobre a teoria da sexualidade, Totem e tabu *e* O mal-estar da civilização, *entre outros.*